经典童话大师绘

恶犬

The Mean Dog

【古希腊】伊索 著 【日】平田昭吾 绘
《经典童话大师绘》编写组 改编

新世界出版社
NEW WORLD PRESS
海豚出版社
DOLPHIN BOOKS
CIPG 中国国际出版集团

恶犬

在一个阳光明媚的午后，一只恶犬在路上游荡，它的肚子饿得咕咕直叫，急切地想找点东西填饱肚子。它一路寻找，看到不远处有一只小狗正叼着一个肉腿。

这对于饥肠辘辘的恶犬来说，无疑是致命的诱惑。

它一步步朝小狗逼近，张开大嘴，发出几声低沉而凶狠的吼叫："汪汪汪！快把这块肉给我，不然我就咬死你！"

恶犬的声音中充满了威胁和恐吓，仿佛下一刻就要扑上去。

可怜的小狗吓得浑身颤抖，只能无奈地将好不容易得到的肉腿让给了恶犬。恶犬叼着这个肉腿，却没有立刻吞下肚去。

当这只恶犬来到一座桥上时，它的目光被桥下河水中的一只狗吸引住了。只见那只狗嘴里也叼着一个肉腿，正悠然自得地站着。这一幕让恶犬感到十分惊讶，同时也激起了它的好奇心和占有欲。

恶犬在桥上停下了脚步，双眼紧盯着桥下那只狗，心中权衡着是否要采取行动。

风轻轻吹过，河水在桥下缓缓流淌，空气中弥漫着一丝紧张的气氛。

恶犬开始思考如何能够神不知鬼不觉地把那个肉腿夺过来。它刚刚张嘴发出“汪汪汪”的吼叫声，想要通过声音吓倒对方，却没想到因为用力过猛，自己嘴巴里的肉腿掉进了水里。那个肉腿随着水流缓缓漂走，很快就无影无踪了。

这则寓言故事说明，贪婪不但不能获得更多，反而会失去所有。

驴和狼

一个春天的早上，一头驴正在开心地吃草。它突然听到狼嚎，回头发现一只恶狼正朝它扑了过来。恶狼得意地说："哈哈，你这头笨驴，今天竟然自己送上门来了，真是我的幸运日！正好我肚子饿了，快快成为我的早餐吧！"

驴子很害怕，它急中生智，想出一个办法。驴子故意可怜巴巴地说："哎呀，我的脚好疼啊！"

恶狼见状，眼中闪过一丝狐疑。它好奇地问：“你的脚怎么会疼呢？”

驴子解释道：“我的脚底不知道什么时候被扎了一根刺，疼得我连路都走不了了。您先帮我把刺拔出来，免得一会儿您吃我的时候扎了喉咙。”

恶狼想了想，说：“你说的确实有点道理。要是刺扎进我喉咙，那我就麻烦了。我还是先帮你把刺拔了吧。”

说干就干，恶狼走到驴子身边，仔细检查驴子的脚底，决定为它拔掉里面的刺。

驴子趁恶狼不注意的时候，拼尽全身力气，用后腿朝恶狼的脑袋狠狠地踢了过去。恶狼猝不及防，一下子被踢得飞了出去，重重地摔在地上，“哎哟，哎哟！”他痛得直叫唤，再也没有力气去吃驴子了。

这则寓言故事说明，遇到危险不要惊慌，要赶快动脑筋想办法脱险。

燕子和其他鸟类

春天来了，万物复苏，大地一片生机勃勃。在这个充满希望和活力的季节里，成群结队的燕子从南方飞回来了。

它们在天空中自由翱翔，欣赏着美丽的春景。当它们飞过田野时，发现农民在田地里播种。然而，燕子们看到有的农民在种植一种能产生粘鸟胶的树。

燕子们在空中盘旋，仔细观察这些树，感到有些困惑和不安。

燕子们在空中讨论起来，它们意识到这些树可能是农民为了捕捉鸟类而特意种植的。尽管燕子们不理解为什么农民要这样做，但它们决定保持警惕，并告诉附近的麻雀。

其中一只燕子飞到麻雀身边，诚恳地说：“我们看到附近的农民在种能产生粘鸟胶的树，你们会有危险。你们最好快去把那些种子吃掉。”

一只麻雀疑惑不解，它凑到燕子身边问道：“为什么现在就要去吃这些种子呢？树不是还没有长出来吗？”

燕子叹了口气，说：“等到树长大了，就来不及了。到时候，人们把树上的胶粘在网上，我们这些小鸟一旦不小心飞到那些网上，就会被牢牢粘住，无法挣脱，最终成为人类的猎物。”

听到这里，麻雀终于明白了燕子的担忧。

虽然有些麻雀对燕子的这个提议表示怀疑，但最终还是决定跟随燕子一起试试。它们扑扇着翅膀，陆续飞向了那片刚播种的田地。它们轻轻地啄食地面上的种子，然而，刚吃下几口，一些麻雀便皱起眉头，抱怨道：“哎呀！太难吃了，还是算了吧！”

燕子看到这一幕后，便耐心地劝说麻雀们忍耐一下。可是，麻雀们却并不接受它的建议。

随着时间的推移，种子在田地里悄然发芽，一阵温柔的春风拂过田野，树苗们随风轻轻摇曳，仿佛在欢快地跳舞。经过春雨的洗礼，它们的叶片更加翠绿欲滴，充满了生命的活力。

田地里的农民们看到这样的景象，心中充满了喜悦和期待。

燕子目睹了眼前的一切，内心愈发充满了忧虑。

燕子飞到水边，看到几只翠鸟正悠闲地站着，它们时不时地低头用喙梳理自己鲜艳的羽毛。

燕子飞近一只翠鸟，轻声说道：“人们种下了能产生粘鸟胶的树，这些树已经发芽了，我们得去把那些树苗拔出来，不然会对我们和其他鸟儿造成威胁。”

翠鸟听了燕子的话，似乎并不放在心上。它觉得那些树苗离自己很远，并不会立即对自己构成威胁。

燕子们见翠鸟不为所动，心中不禁焦急起来。它们只能自己前往那些树苗生长的地方，将小树苗一一拔除。

它们用自己那微小的喙部和爪子开始拔树苗。然而，尽管它们拼尽全力，但力量实在太过微不足道，无法将树苗彻底拔起。每一次的尝试都让它们感到无比沮丧。

燕子们只能继续去寻找愿意帮忙的小伙伴。

几只燕子讨论了一会儿，决定向它们的朋友乌鸦寻求帮助。乌鸦身强力壮，以力气大而闻名。燕子相信，凭借乌鸦的力量，一定能够解决眼前的困境。于是，燕子把心中的担忧告诉了乌鸦。

当几只乌鸦跟着燕子飞到田地上空，看到方圆几十里的范围内都种满了树苗时，它们立刻意识到这个任务的艰巨性。乌鸦说："这可不是一件容易的事，单凭我们的力量，根本无法在短期内拔光这么多树苗。"

燕子们听了乌鸦的话，虽然有些失望，但也知道乌鸦的话有道理。于是，它们决定继续寻找其他解决办法。

这时，燕子们想到了寻求人类的帮助。它们飞向村庄，向村民们表达它们的困境和请求。

村民们见到燕子们的到来，纷纷热情地欢迎它们。

燕子们也开始忙碌起来，用嘴巴叼来泥土和树枝，精心地建造着自己的新家。

结果证明，燕子的努力没有白费。因为其他鸟类的固执和疏忽，它们最终难逃被捕的命运，成为人类和其他捕食者的美食。

唯独燕子，因为它们的智慧和先见之明，得到了人类的帮助和保护。它们在人们的屋檐下筑起了温暖的小窝，每年春天按时孵育小燕子，延续自己的生命。

这则寓言故事说明，未雨绸缪和及时采取行动是多么重要。

乌鸦与狐狸

在一个阳光灿烂的下午，一只乌鸦肚子饿了，它决定出去找一些食物。

不久之后，乌鸦飞到了一个宁静的小村庄。它注意到了一户人家的厨房窗户敞开着，窗台上摆放着几盘刚做好的菜肴，还有一块诱人的奶酪。乌鸦心想：这可真是个宝库啊！

它四处张望，冒着被主人抓到的风险，轻轻地叼起那块奶酪，快速离开。

乌鸦飞了一会儿就飞不动了，停在了一棵高大的树上。它准备享用一顿丰盛的奶酪大餐。这时，一只狐狸蹑手蹑脚地走到树下，看到乌鸦叼着奶酪，便灵机一动，想出了一个计谋。

狐狸抬头望着乌鸦，满脸堆笑地说："哎呀，乌鸦先生，您真英俊！我听说您拥有一副美妙的歌喉，歌声如同天籁之音。您能否赏个脸，为我唱上一曲呢？"

があ

乌鸦听了这番夸奖，心里不禁有些得意，但又担心这是狐狸的诡计。尽管如此，虚荣心还是让它动了心。乌鸦心想：也许我真的那么出色，哪怕只是唱一句，也不会有什么损失吧？于是，它清了清喉咙，准备一展歌喉。

乌鸦刚张开嘴，“哇”的一声，那块美味的奶酪就从嘴里掉了下去，直接落入了狐狸的口中。狐狸笑着说：“谢谢您的歌声，乌鸦先生，您真是慷慨大方！”说完，它便心满意足地离开了。

这则寓言故事说明，不能被别人的甜言蜜语所迷惑。

乌龟与大雁

有一天，一只乌龟在草地上慢悠悠地爬着。它一边爬一边嘀咕："这日子过得可真无聊，什么时候能有点刺激的事儿呢？"正想着，突然听到天空中传来一阵"嘎嘎"的叫声。乌龟抬头一看，原来是一群大雁飞过。

乌龟羡慕地看着大雁，心想："哇，它们飞得好高好自在呀！要是我也能像它们一样飞起来，那该多好哇。"于是，乌龟对着大雁大喊："大雁，你们能不能带我一起飞呀？"

大雁们听到乌龟的叫声，飞下来停在了乌龟身边。一只大雁看了看乌龟，笑着说:“你这么重，我们可带不动你哟。”乌龟赶紧说:“别呀，求求你们了，我真的好想飞起来看看。”

乌龟想了一会儿说:“有了，我们可以找一根棍子，我咬住棍子中间，你们叼住棍子的两头，这样就能带我飞起来了。”

大家都觉得这个主意不错。

于是，大雁们找来了一根棍子。乌龟兴奋地咬住棍子中间。“嘿，这还挺好玩的呢。”大雁们一用力，就带着乌龟飞了起来。

乌龟在空中兴奋得不得了。大雁们一边飞一边叮嘱乌龟：“乌龟，你可得咬紧了，别掉下去哟。”飞了一会儿，乌龟开始得意忘形了。一只小鸟飞过来，看到乌龟被大雁带着飞，觉得很奇怪，好奇地问：“嘿，乌龟，你怎么飞起来了呢？”

乌龟更得意了，刚想说话，结果一松口，“哎呀！”就掉了下去。

还好下面是一片草地，乌龟摔得也不轻。从此，乌龟的壳上就有了许多裂痕。

大雁们发现乌龟掉下去了，赶紧飞下来找它。“乌龟，你没事吧？”乌龟摇摇头：“没事没事，就是屁股有点疼。唉，看来我还是老老实实地爬吧。”

这则寓言故事说明，不要违背自然规律，不要炫耀自己的聪明。

图书在版编目（CIP）数据

恶犬 / (古希腊) 伊索著 ; (日) 平田昭吾绘 ; 《经典童话大师绘》编写组改编. -- 北京 : 新世界出版社, 2024. 12. -- (经典童话大师绘). -- ISBN 978-7-5104-7996-0

Ⅰ. I313.85

中国国家版本馆CIP数据核字第2024J3F479号

北京版权保护中心引进书版权合同登记号：图字01-2019-5293号

扫一扫，获赠英文故事音频

敬请关注《大师画给孩子们》（汉英对照版）

恶犬

作　　者：[古希腊] 伊索
绘　　者：[日] 平田昭吾
责任校对：宣　慧　张杰楠
出版发行：新世界出版社　海豚出版社
社　　址：北京西城区百万庄大街24号（100037）
总 编 室：(010)6899 5424（电话）　(010)6832 6679（传真）
印　　刷：北京市房山腾龙印刷厂
开　　本：787mm × 1092mm　1/24　尺寸：188mm × 170mm
版　　次：2024年12月第1版　2024年12月第1次印刷
定　　价：25.00元

改　　编：《经典童话大师绘》编写组
责任编辑：周　帆
责任印制：王宝根
网　　址：http://www.nwp.com.cn
发 行 部：(010)6899 5968（电话）　(010)6899 0635（电话）
版 权 部：+8610 6899 6306（电话）　nwpcd@sina.com（电邮）
经　　销：新华书店
字　　数：30 千字　　印张：2
书　　号：ISBN 978-7-5104-7996-0